ÉTUDES SUR LE MOYEN-AGE.

APOTHICAIRES, MÉDECINS

ET

CHIRURGIENS MONTALBANAIS DU XIVe SIÈCLE,

PAR

Édouard FORESTIÉ.

MONTAUBAN,

IMPRIMERIE ET LITHOGRAPHIE ÉDOUARD FORESTIÉ

23, Rue du Vieux-Palais, 23.

1887.

APOTHICAIRES, MÉDECINS

ET

CHIRURGIENS MONTALBANAIS DU XIVe SIÈCLE.

Extrait du Recueil de l'Académie des sciences, belles-lettres et arts de Tarn-et-Garonne.

ÉTUDES SUR LE MOYEN-AGE.

APOTHICAIRES, MÉDECINS

ET

CHIRURGIENS MONTALBANAIS DU XIVe SIÈCLE,

PAR

Édouard FORESTIÉ.

MONTAUBAN,

IMPRIMERIE ET LITHOGRAPHIE ÉDOUARD FORESTIÉ

23, Rue du Vieux-Palais, 23.

—

1887.

ÉTUDES SUR LE MOYEN-AGE.

APOTHICAIRES, MÉDECINS

ET

CHIRURGIENS MONTALBANAIS DU XIVe SIÈCLE

Les mœurs du Moyen-Age offrent un attrait tout particulier. Cela tient sans doute à ce que cette curieuse époque n'était pas encore bien connue il y a quelques années, et que, grâce aux nombreux documents découverts de toutes parts en province, le voile qui couvrait cette période de notre histoire disparaît peu à peu.

L'un de ces documents, conservé dans les archives de Tarn-et-Garonne, le livre de commerce des frères Bonis, marchands montalbanais du XIVe siècle [1], est une mine des plus fécondes pour l'étude de la vie privée de nos

[1] Ce précieux registre, dont nous préparons la publication, nous a fourni la matière de plusieurs études spéciales sur le Moyen-Age, insérées dans divers Recueils, notamment dans les publications de l'Académie et de la Société archéologique de Tarn-et-Garonne.

pères. La multiplicité des industries exercées par les frères Bonis permet d'avoir des indications précises sur la plupart des branches de commerce dans nos contrées à cette époque, car on peut comparer leurs magasins à ces bazars de l'Orient où l'on trouve indistinctement toutes sortes de marchandises.

*
* *

Ainsi que nous l'avons déjà dit ailleurs, ces marchands étaient deux frères : l'aîné, Barthélemy avait la haute main dans la maison ; le plus jeune, Géraud, paraît s'être spécialement adonné à la vente des remèdes. C'était un véritable apothicaire, puisqu'on retrouve dans ses livres une quantité considérable de préparations pharmaceutiques et de drogues.

S'il en fallait une preuve plus convaincante, nous ajouterions que notre marchand remplissait souvent ou faisait remplir par ses apprentis l'office dont il est question dans *le Malade imaginaire*, office que les frères Bonis mentionnaient de la manière suivante dans leurs comptes écrits en langue romane, alors en usage dans notre Midi :

« Per la decoxsio de un cristeri per lo donar, X$^{s\ t}$. »

Cela ressemble assez à la réponse monotone du candidat médecin de Molière.

« Item per 1 lectoari e per 1 cristeri que ordonec W. de Verfuelh, ops de 1 escudier quelh portec Guiraut Bonis à Biole, XIIII$^{s\ t}$. »

« Item pour 1 électuaire et pour 1 clystère ordonné par W. de Verfeil, pour un écuyer, et qui fut apporté à Bioule par G. Bonis, 14 sols. »

A cette époque, si nous en croyons plusieurs documents contemporains, et notamment le règlement de police inséré dans le *Cartulaire de Beaumont-de-Lomagne* [1], les apothicaires ne se bornaient pas à la vente des remèdes et à la préparation des ordonnances : ils fabriquaient aussi les cierges, la confiserie et vendaient des épices.

Ce cumul des trois professions persistait encore au XVIIe siècle, ainsi que l'indiquent les statuts des apothicaires de Montauban [2], où il est dit que le commerce de l'épicerie en détail leur était réservé, « à peyne de 2 escus 30 livres d'amende, » ainsi que la vente des torches et bougies de cire.

Cette industrie des *Ypothecarii ceræ* était réglée par de sages prescriptions ; ainsi il était défendu de rien mêler à la cire destinée à faire des cierges, qui devaient tous porter la marque du fabricant, afin que l'on pût constater les fraudes, le cas échéant. Tous les cierges et chandelles de cire devaient avoir le bout supérieur fait de cire verte et non peinte ; toute marchandise vendue aux revendeurs étrangers était marquée par les consuls [3].

Quant à l'apothicairerie proprement dite, voici les principales obligations édictés par l'ordonnance de Beaumont :

Toute drogue ou plante médicinale, le safran notamment, doit être tenue propre, sèche et bien mondée, sous peine d'amende et de confiscation. Les apprentis ne peu-

[1] Beaumont-de-Lomagne est une petite bourgade fondée au XIIIe siècle.

[2] *Les Corporations professionnelles de Montauban*, par G. Bourdon. (*Bulletin Archéologique* de Tarn-et-Garonne, 1876.)

[3] *Cartulaire de Beaumont*. — Nous avons dit ailleurs à propos de mariages et sépultures, que nos marchands *ouvraient* la cire, c'est-à-dire la façonnaient.

vent quitter leur maître avant la fin de leur engagement, sauf la permission ou par la faute dudit maître, sous peine de la perte des sommes d'argent, du vin ou du blé donnés par l'apprenti, et même de la somme totale qui avait été promise. Il était d'ailleurs défendu aux maîtres de chercher à s'enlever les apprentis [1].

En revanche les apothicaires étaient tenus de montrer aux élèves leur métier, et de leur faire connaître les statuts de la profession.

Ils devaient aussi « transcribere in suis libris seu papyris, receptas quas recipient a medicis, super ysoropis, lectuariis et aliis rebus medicinalibus quæ infirmis et aliis personis dantur et ministrantur et quod illa medicinalia faciant bene et legitime, sine fraude, de bonis et legitimis coffimentis [2]. » Quant au prix des remèdes, il était débattu, sauf recours suprême aux consuls, après serment de l'apothicaire, déclarant que l'ordonnance avait été loyalement exécutée.

Défense absolue était faite de mêler aux préparations et aux épices, ou confitures, de la farine, de l'amidon ou autre mauvaise mixture.

Des prescriptions identiques étaient en vigueur à Montauban, car nous voyons souvent dans les livres de Bonis cette mention : « Pour un compte de remèdes (*medesinas)* écrit au livre vermeil de *l'obrador* (laboratoire), lequel livre et *obrador* étaient gouvernés par notre frère Géraud Bonis. »

Il est vraiment dommage que ce livre n'ait pas été retrouvé, cependant nous devons moins regretter cette

[1] En 1601, l'apprentissage était de trois ans et cinq ans de stage dans une bonne ville de France. Ils devaient savoir le latin.

[2] *Cartulaire de Beaumont.*

perte, puisque l'aîné des frères Bonis avait la précaution de recopier souvent les ordonnances sur son grand livre.

Du reste, ces sages réglementations d'une profession libérale étaient nécessaires, puisque deux siècles et demi après, les apothicaires montalbanais, comprenant la nécessité de mettre un terme à des abus, décident de se syndiquer, et forment une corporation « pour empêcher les empiriques et ceux qui s'entremêlent de médecine, et baillent à toutes les maladies même remède. »

« Des réglements minutieux ont pour but d'assurer les bonne composition des médicaments, dit M. Bourbon [1]. » Toutes ces mesures étaient prises pour éviter les conflits entre les médecins et les apothicaires, qui déjà, à cette époque, donnaient consultation.

Une des fonctions importantes de l'apothicaire, fonction qui lui a été dévolue presque jusqu'au commencement de ce siècle, c'est celle qui a valu à cette corporation le surnom de donneurs de clystères, et puisque nous avons vu au début que l'un de nos marchands s'acquittait de cet office, nous demandons la permission au lecteur de placer ici à ce sujet une petite parenthèse qui ne manque pas, croyons-nous, d'intérêt au point de vue linguistique.

Nous avons donc parlé, au début de cet article, du remède de M. Purgon. Il semblerait acquis aujourd'hui que *lavement* et *clystère* aient été longtemps synonymes, puisque l'*Erotica biblion* prétend que c'est grâce à l'influence des Jésuites (on ne s'attendait pas à les voir paraître en cette affaire) que *lavement*, qui avait succédé à *clystère*, fut placé par l'Académie parmi les expressions

[1] Bourbon. — Op. cité.

déshonnêtes, et remplacé par *remède*. On y a ajouté encore *médecine*, du temps de Molière.

Au XIVe siècle, ces divers termes avaient chacun un sens bien déterminé : de plus ils n'étaient pas synonymes, car *lacement* et *clystère* sont employés dans la même ordonnance avec *médecine*.

Toutes les fois que Bonis parle de clystère, il écrit la phrase sacramentelle : « Per la decoxsio de un cristeri et *per lo donar*, Xs [1]. »

Quand il dit *lacamen*, c'est un *manilure* employé pour un mal à la main, ou *un lacamen al cap* pour la tête : en somme, une décoction pour laver, employée concurremment avec les emplâtres et les onguents.

Medesina, comme aujourd'hui, signifiait parfois un médicament purgatif ; mais il était plus ordinairement synonyme de remède en général, puisqu'il est dit aussi souvent « per causas medicinals, » pour choses médicinales [1].

Les trois premiers termes sont donc contemporains et n'étaient pas synonymes au Moyen-Age.

Au cours de cette petite parenthèse on a pu remarquer le prix exorbitant payé pour la *décoctio et le donar*, 24 francs de notre monnaie !! sans *le donar* il coûtait 8 sols (19 fr. 20).

∴

Grâce à notre document, nous pouvons nous faire une idée assez exacte de ce qu'était l'art médical à Montauban au XIVe siècle, et des ressources de la pharmacie à cette époque.

[1] « Un électuaire laxatif *en manière* de médecine. »

Il y avait à Montauban, de 1340 à 1350, un certain nombre de personnes exerçant la profession de médecin. On les désignait assez indifféremment par les titres de *medesis* et de *fizisias* (physiciens); quelquefois *mèges*.

Ces trois termes devaient bien, même à cette époque, présenter une légère différence, puisqu'un vieux dicton populaire, rapporté par Littré, nous dit :

Où le physicien fait fin,
Là commence le médecin,
Supposant pour physicien
Le très savant naturien [1].

Il semble donc, d'après cette définition, que *physicien* voudrait plus particulièrement désigner les chirurgiens, tandis que *mèges* — qui aujourd'hui signifie vétérinaire — pourrait s'appliquer plus exactement à une catégorie de praticiens moins relevée, comme sont nos officiers de santé.

La liste des médecins montalbanais fournie par les livres Bonis se compose de dix-huit noms. Parmi eux, cinq occupent le haut du pavé, c'est du moins ce qui appert du nombre d'ordonnances faites par eux; ce sont : Pierre de Martel, Wilhem de Verfeil, Philippe Sudre, Paul Rustang, Raymond le Lombard.

D'autres figurent moins souvent sur les livres : Bernard Canet, Bernard de Penne, W. Peironnet, Pierre Dupré, Bernard Dantocla, W. Barel, Gasc, le mège; Guilhem Gerlier, P. de Lautier [2], Bernard Calvet, Jean l'Aragonais, Raymond Modeste et Pierre de Mondenard.

[1] Littré, *Dictionnaire*, v° Médecin.

[2] Il existait à Montauban un hôpital qui portait le nom de ce médecin, et qui avait été fondé par un des membres de cette riche famille bourgeoise.

Nous en trouvons aussi dans les villages des environs de Montauban : Pierre de l'Église, mege de Cayrac ; le recteur de Montricoux, le mège de Saint-Antonin, celui de Lavilledieu, etc [1].

Nous croyons que les cinq principaux médecins que nous avons cités n'étaient pas originaires de notre ville, mais bien des localités dont le nom avait été, suivant un usage fort répandu alors, joint à leur prénom : Martel (Lot), Rabastens (Tarn), Verfeil (Tarn-et-Garonne), etc. Paul Rustang était « *fizisia de Castelnau d'Ary.* » Le Lombard était aussi sans doute un étranger. Quant à Philippe Sudre, il appartenait à une famille distinguée du Quercy et cumulait les fonctions de légiste avec celles de médecin, et recevait des deux mains les honoraires particuliers à chacune de ces professions, justifiant doublement cette satire de son temps :

« Et por ce ont aucune fois li avocat et li fizisia grans saleres a poi de paine. [2]. »

Puisque nous parlons d'honoraires, nous pouvons en indiquer approximativement le taux par quelques citations, malheureusement un peu rares :

Un moine paya pour une maladie aux divers médecins qui l'avaient soigné, la somme de 41 sols 8 deniers [3], qui équivalait à une centaine de francs de notre monnaie ;

[1] Plusieurs familles nobles avaient leur médecin attitré : «Lo mège de Mo de Mirapeys. »

[2] Philippe Sudre, savant en droit de Montauban, reçoit 1 florin d'un fustier qui le lui devait pour les « visitasios de la malautia. » (P. 21.)

[3] Nous avons obtenu le taux du pouvoir de la monnaie d'alors, comparé avec la nôtre, au moyen d'un calcul de proportions, et le résultat s'est trouvé exactement celui qu'a indiqué A. Monteil, c'est-à-dire le denier ayant une valeur représentative de 0 fr. 20 ; le sol, 2 fr. 40, etc.

une grande dame paya 13 livres 14 sols 3 deniers, équivalant à 700 francs environ.

Une consultation donnée par P. Rustang au prieur-mage de l'abbaye de Saint-Théodard, Foulques de Belfort, fut payée 1 livre 13 sols, près de 80 francs, et Philippe Sudre, qui avait soigné le malade régulièrement, reçut 3 écus d'or (150 francs); dans un autre cas ce dernier médecin toucha, « pour ses visites dans une maladie, 1 florin d'or (50 francs); » les médicaments employés pendant l'une de ces maladies avaient coûté 17 livres 17 sols 9 deniers (846 francs).

Comme on le voit, les honoraires variaient suivant les personnages et la gravité de la maladie. Les médecins s'appelaient parfois en consultation, mais ils n'allaient pas, ainsi qu'on l'a dit quelque part, toujours deux par deux [1]. Comme aujourd'hui encore, ils se remplaçaient auprès des malades, puisque nous voyons l'abbesse des Minorites, sœur Marie de Penne, soignée successivement pour un mal à la main par Bernard Dantocla, par W. de Verfeil, enfin par le Lombard.

Il ne faudrait pas induire de ce fait que les malades fussent déjà, de ce temps-là, inconstants et ingrats envers leurs médecins. Au contraire, nous constatons, surtout dans la bourgeoisie et le peuple, que le médecin était l'ami de la maison, participant comme témoin aux événements et aux affaires de la famille. Il devient souvent le tuteur des orphelins et l'exécuteur testamentaire de ses clients.

[1] Deux articles des Statuts de la corporation des médecins de Montauban, établie en 1601, recommandaient « d'éviter toutes dissensions et débats entre eux, » et de vivre en bonne amitié; enfin, ils ne doivent pas « courir sur les pratiques les uns des autres sans être légitimement appelés. » (Bourbon, *Op. cit.*)

La thérapeutique employée par les médecins paraît être celle des Arabes, que l'Ecole de Montpellier enseignait alors et dont l'importation en France doit être attribuée aux Juifs. Voici, en effet, le curieux passage d'un compte que nous traduisons textuellement parce qu'il peint fort exactement les mœurs du temps et donne la preuve de ce que nous venons de dire :

« Raymonde Pomèle, belle-fille de feu W. de Verfeil, physicien de Montauban..., nous a donné en gage un livre de médecine que nous avons prêté à Me Jean l'Aragonais, en présence de Me Philippe Sudre.

« Ce livre avait nom *Razi*. Et que l'on sache bien que ledit Me Jean l'Aragonais me donna 4 florins d'or pour ledit livre, le 4 septembre 1358, avec cette promesse que si Me Jean nous rendait ledit livre de Razi, avant la fête de Noël prochaine, nous lui rendrions les 4 florins. Il nous a donné un reçu écrit de la main de Géraud Golfier et scellé de mon sceau. Et s'il ne rend pas avant ce temps le livre, il sera à lui et les 4 florins à moi. »

Le livre dont il est ici question ne saurait être que l'une des œuvres du célèbre médecin arabe Abou Becker ib Zacaria er Razi, que l'on nomme aussi Rhazès ou Razès, très connu comme auteur de divers traités de médecine. Razès vivait au Xe siècle ; ses biographe disent qu'il se fit médecin à l'âge de trente ans, fonda et dirigea plusieurs hôpitaux, notamment celui de Bagdad. Son grand traité de médecine — probablement celui qui fut mis en gage chez Bonis — connu sous nom d'*El Mansouri*, contient le résumé de la thérapeutique des Arabes, qui est restée fort longtemps en vogue en Europe. Louis XI lui-même dut, dit-on, donner caution à la

Faculté de médecine de Paris pour faire copier le livre de Razès.

* * *

Certaines opérations étaient faites par les chirurgiens-barbiers, ainsi que l'indiquent quelques rares ordonnances, comme celle de Jehan, barbier de l'Evêque de Montauban, qui fait faire un onguent pour « adobar » arranger le bras d'Hugues de Saint-Urcisse, prisonnier dans les prisons de l'évêque. Le seigneur de Montpezat, blessé au bras, appela à la fois R. Modeste, médecin, et le barbier Jean de la Croix, qui lui ordonnèrent des onguents et des emplâtres.

D'après les statuts de la corporation des chirurgiens de Montauban, les fonctions de chirurgiens se bornaient à « phlébotomiser les malades, à panser les blessures et à rebouter les membres ; » ils étaient en même temps dentistes et barbiers, et tenaient boutiques [1].

* * *

Après avoir dit ce qu'étaient les apothicaires et les médecins montalbanais du XIVe siècle, il nous reste à indiquer quelles sortes de remèdes ils employaient. Ici, nous devons préalablement avouer que la science médicale n'étant pas de notre domaine, nous nous bornerons

[1] Nous possédons dans notre collection de faïences montalbanaises une enseigne de chirurgien-barbier, portant un écusson, au centre duquel la fleur de lys est accostée de trois porte-savonnettes. Dans le bas sont des anges portant le bassin et le linge. Un cartouche contient : les fers à friser, la lancette et la seringue. Autour sont des bandages. Et au-dessus on lit : « *Consilioque manuque.* » On voit que cette devise n'est pas de l'invention de Beaumarchais.

à transcrire les renseignemeuts recueillis dans les livres des Bonis, laissant aux spécialistes le soin de les étudier à leur point de vue.

Les emplâtres étaient faits avec des « gommes » et recouverts de cendal. Il y en avait de diverses formes et grandeurs. Paul Rustang prescrivit à un avocat « un emplâtre de gomme de trois palmes de long et de deux de large pour la douleur des échines; » cela ne suffit pas, puisqu'on y ajouta deux autres onguents « pour oindre l'échine du malade. » L'emplâtre était fait en forme « d'écu » ou d'écusson et en forme de ✝; on le trouve souvent dans la même ordonnance avec l'onguent et la pomme d'ambre.

Une autre fois il est question d'un emplâtre pour guérir la *ronha*, la rogne [2], et un autre pour la castration d'un cheval.

Parmi les onguents mentionnés par Bonis, trois seulement, encore en usage, sont indiqués avec quelque détail : ce sont l'onguent *martiatum*, l'onguent *populeum* et l'onguent *rosentio* ; ce dernier fait avec des roses ou du miel rosat.

Voici deux ordonnances qui paraissent être pour des onguents: « 4 onces térébenthine, 2 onces cire blanche, 1 once gomme elemni, 1 once myrrhe, 2 onces bol d'Arménie, 2 onces huile de rose, le tout 7 sols (16 fr. 80); » et une seconde: « 1 quart *grepa* et *dialte* [1]. »

« 1 quart cire blanche, 1 once encens, 1 once térébenthine, 1 quart d'huile d'olive, 2 écus 7 sols 11 deniers, y compris un emplâtre. »

La pomme d'ambre était, comme nous l'avons dit, très

[1] Le premier de ces termes n'a pu être traduit; le second vient d'*althea*, mauve.

[2] Maladie de peau, la gale probablement ?

fréquemment employée, concurremment avec les remèdes précédents.

Il y avait plusieurs sortes d'électuaires : l'électuaire restaurant (*confortatien*), réconfortant, qui coûtait de 11 à 12 sols ; l'électuaire *en manière de médecine* ou (*laxatio*) *laxatif ;* l'électuaire de suc de roses, et qu'on appelait « électuaire fait comme sucre rosat. » W. de Verfeil ordonna à une femme un électuaire dans lequel entra « une tortue et diverses drogues, » qui coûta 1 l. 8 st. (67 fr. 20). On trouve même une note d'électuaire pesant une livre, qui coûta 6 sols.

Les tisanes sont indiquées par le mot *aigua*, eau ; *eau d'endive, eau de rose, eau d'amidon, avenat* (gruau d'avoine, tisane délayante et laxative) ; cette dernière était mêlée, comme aujourd'hui, avec la tisane d'orge ; la camomille et les roses formaient la base d'une tisane sudorifique ; enfin on vendait communément l'orge mondé pour la confection de ces médicaments. Voici la composition d'une tisane : « amandes, amidon, sucre en pain et grenade pour faire une tisane, 4s 8d. »

Si les pharmaciens du Moyen-Age ne connaissaient pas le *looch*, les amandes (*mellas*) étaient souvent prescrites par les médecins.

L'anis confit, que l'on retrouve parmi les confitures et les épices destinés à faciliter la digestion, était employé aussi comme remède.

* * *

Voici maintenant une nomenclature dressée en forme de glossaire roman, des divers médicaments cités par le livre des Bonis. Nous nous bornons à quelques indications sommaires pour l'explication de ces termes [1]:

Aigua. — *Collyre.* « Pour une *eau* que nous fîmes pour les yeux d'une femme, 2s 8d. » — Extrait de diverses substances. « Une eau. » (p. 17.) Eau d'endive. (p. 96. [2]) Eau de rose. (p. 56).

Alun de roca. — *Alun de roche.* Vendu 6d la livre, ce sel était surtout employé par les teinturiers. « 8l alun de roche. »

Amellas, Mellas. — Amandes douces et amères, qui servaient à faire les loochs ou les tisanes. On prescrivait l'huile d'amandes amères (Voir *Oly).* « Un emplâtre et deux onces d'huile d'amandes amères 2s. » (p. 10).

Amido. — *L'amidon* entrait dans la composition des tisanes avec l'orge et le gruau d'avoine : « Amandes, amidon, sucre en pain, grenade pour une tisane, 4s. 8d. » (p. 24.)

Ambre. — *Ambre;* la pomme d'ambre, fréquemment prescrite pour les douleurs : « Une pomme d'ambre pour un mal à la main. » (p. 18.)

Anis confit. — *Anis confit.* Employé ordinairement comme épice, l'anis fut ordonné cependant plusieurs fois par les médecins : W. de Verfeil le prescrit à une fille (p. 34).

Antos, Diantos. — *Extrait d'œillet,* vendu 1s la livre: « 1 médecine 1 4 diantos, 11s 6d. » (p. 18.)

Aragnon. — *Extrait de prunelle;* astringent ordonné par un mège pour un cheval.

[1] Nous avons cru devoir comprendre dans cette liste quelques épices qui avaient leur emploi dans le traitement des maladies.

[2] Le chiffre placé entre parenthèses qui accompagne les citations se rapporte au folio même du livre Bonis.

Avenat. — Avoine mondée ou gruau d'avoine servant, avec l'orge et les amandes, pour les tisanes : « 1 livre et demie avoine, 1 quart sucre en pain 2^s 4^d. » (p. 24.)

Beuratge. — *Breuvage*. Médecine.

Banh. — *Bain*. Ce terme désigne probablement les drogues prescrites pour aromatiser ou minéraliser les bains. On trouve aussi l'étuve : « Un emplâtre en forme d'écu, un onguent, des herbes, un bain, etc. »

Boli arminisi. — *Bol d'Arménie*. Employé comme astringent dans les maladies d'entrailles, et mélangé avec d'autres drogues. (Voir ci-dessus.)

Boder (?). — On trouve parmi divers remèdes : « 1 quart *Boder*. » Honorat traduit **Boder** par beurre : « 1 sirop, 1 électuaire, demi quart penide, demi quart œillet, 1 quart de roses et camomille, 1 quart **boder,** 38 sols. » (p. 106).

Brestia ou **Brostia.** — *Boîte* servant à mettre les onguents, etc. : « 1 quarteron pignolas en une boîte. » (p. 111.)

Camfora. — *Camphre*. Servait à la fabrication de la poudre à canon, et était aussi considéré comme remède : « 1 once tutie éteinte et camphre, 2^s 6^d. » (p. 10.)

Canela. — *Canelle*, épice.

Cassia fistula. — La *Casse* médicinale (p. 35.)

Cuchie. — Le *fruit du cucifère* (hyphœna thebaïca) ou *doum* des Arabes, était employé en pilules : « Pour pilules de cuchie. »

Comi. — Le *cumin* était plutôt un condiment qu'un remède, cependant il se trouve mêlé parfois à ces derniers et coûtait 6^d la livre (p. 68.)

Citri ou **Sitri.** — Les *cortises* (écorce) de *citron* et les « sticadas » de citron étaient employées pour aromatiser les électuaires.

Colaturas. — On désignait ainsi les décoctions filtrées.

Cubèbas. — Le *cubèbe* se trouve mentionné dans la confection d'un piment.

Camamilla. — *Camomille*, employée pour les tisanes : on en tirait une huile. « huile de camomille » (p. 113).

Cristéri. — *Clystère* (voir ci-dessus) : « 1 apozeme, 1 lectuaire laxatif et 1 clystère, 18 sols. » (p. 19).

Cotomapus. — La *ouate, cotoni mappa,* était en usage pour certaines maladies rhumatismales ou pour accompagner les emplâtres.

Diantos. — Voir **Antos,** *extrait d'œillet :* « 1l 1/4 antos, 5s 6d. » (p. 18).

Dialte. — Mucilage ou préparation de racines d'*Althea*, avec diverses résines et cires produisant l'*Uniguentam dialheæ :* « 1/2 l. *dialte* et autres drogues pour faire un onguent pour un cheval. » (P. 48.)

Diapenidion. — Voir *Penis* — *Penide*, sucre tord cuit à la plume avec une décoction d'orge. Il coûtait 6s la livre (p. 17).

Diagraguan. — *Gomme adragante* préparée ? « *Diagragant* fait avec du sucre en pain et poudre. » (p. 82). « 2 livres 1/2 pénide, diagragant et poudre, 16 sols. » (p. 82.)

Diasiconden. — *Diascordium ?* Vendu 5s 4d la livre (p. 38).

Diagrudi. — *Diagrède*, suc de la scammonée : « 2 gros 1/2 de diagrède. »

Diamagaritom. — *Diapalme* : « 2 l. diapalme pour l'Evêque, 1l 4s. » (p. 35).

Drigieia. — *Dragée.* — Certaines dragées dites de Saint-Roch. étaient considérées comme excellentes contre la peste.

Durmitori. — *Somnifère* ou narcotique: « 1 clystère 1 *dormitoire,* 1 once 1/2 julep rosat. » (p. 97.)

Emplastre. — *Emplâtre.* — Voir ci-dessus les différentes espèces d'emplâtres.

Endevia. — *Endive*, eau d'endive.

Enguent. — *Onguents.* Voir ci-dessus le passage relatif à ce médicament.

Ensens. — *Encens.* Entrait dans la composition de certains onguents.

Estuba. — *Etuve.* « 1 sirop, 1 électuaire. 1 eau d'endive,

1 onguent, une étuve, 1[l] 12[s]. » ordonnés par W. Peironet à une femme.

Esul. — *Essulle* (euphorbiacée).

Erbas. — *Herbes,* suc d'herbes : « 1 électuaire, 1 sac de fleurs 1 quart diantos. » « 1 poudre et suc d'herbes, 14[s] 6[d]. » (p. 98.)

Electuariom. — *Electuaire* (voir *Lectoari*).

Flors. — *Fleurs pectorales* : « 1 sac de fleurs et de gomme, 1 sucre rosat et une grenade. » (p. 36.)

Galamota. — Ingrédient employé par les teinturiers : « alun et gualamota. »

Girofle. — *Girofle,* épice et médicament : « 1 électuaire, 1 huile et 1 once girofle. » (p. 100.)

Guomas. — Nom collectif des *gommes* de diverse nature.

Guommeleum. — *Gomme elemni* ou gomme résine.

Gualbanom. — *Galbanum* ou gomme en larmes : « 2 onces galbanum et 2 onces serapias. » (p. 64.)

Galanga. — *Galengal,* épice.

Grepa. (?) — « 1 quart grepa et dialte. (p. 111.) » — Quelle est la vraie signification de ce mot? Puisque nous le trouvons mêlé à la guimauve, nous sommes autorisé à croire que c'est le chiendent, appelé « *gremp* » dans le pays.

Gingibre. — *Gingembre,* épice, le gingembre; il figure aussi parmi les remèdes.

Julep. — *Julep ;* il y avait le *julep rosat* et le *julep violat* (voir ci-dessus.)

Ichirop. — *Sirop (passim);* de ce mot était venu celui d'*Issirapas,* fioles : « 1 électuaire, 1 sirop, 1 médecine, 12[s]. » (p. 75.)

Lavamen. — *Maniluve* (voir ci-dessus.) « 1 *lavamens,* 1 onguent, 1 emplâtre, 1 pomme d'ambre pour un mal à la main, 20[s] 4[d]. » (p. 618.)

Lectoari. — *Electuaire* « électuaire restaurant » (p. 15.) « électuaire au suc de rose. » (p. 8.)

Manus christi. — Ducange traduit ainsi ce mot : « Massa

quædam sacchars condita. » Gâteau de nougat fait avec les fruits du pin.

Mastec. — *Mastic*, huile de mastic.

Martiatum. — *Onguent martiatum*, encore en usage.

Mel. — *Miel*, employé généralement à la place du sucre.

Medesina. — Purge, médicament: « 1 emplâtre, 2 onces d'huile d'amandes amères, 1 piment et 1 médecine. » (p. 10.) « 1 électuaire fait en manière de médecine. » (p. 43.) « 1 sirop et 1 médecine. » (p. 10.)

Milgrana. — La *grenade* était très fréquemment prescrite par les médecins.

Miliom Solis. — Probablement la graine de tournesol: « 1 sirop et 1 quarteron de *Miliom Solis.* » (p. 69.)

Mumia. — *Momie.* « 1/2 once momie: 1/4 miel rosat: 1/4 cire et 3/4 huile d'olives 2s 6d. » (p. 24.)

Muscada. — *Noix muscade*, épice.

Mira. — *Myrrhe*, comprise dans la confection d'un onguent (p. 84), voir ci-dessus.

Not Ycherca. — *Noix de cyprès* épice.

Opozime. — *Apozème*, il coûtait 12 sols : « Diverses eaux et 1 apozème. » (p. 38.)

Opsiacra comporta. — *Oxycrat composé*, « 1 livre julep rozat, 2l, *opsiacra composta*, 1 quart orties dorées, ordonné par P. de Martel, 1l 10s 6d. » (p. 80.)

Oly. — *Huile* : huile de mastic, d'olives, de roses, d'amandes amères, de camomille, etc. : 1 électuaire, des huiles et 1 grenade (p. 64) « 1 emplâtre et 2 onces d'huile d'amandes amères, 2s. (p. » 10)

Ordi. — *Orge* mondé pour la tisane.

Ostas dauradas. — Hosties dorées. On trouve à la p. 80 les hosties dorées parmi les médicaments. (Voir *Opsiacra*.)

Pillulas. — Pilules.

Perlas perliris. — Semence de perles, perles communes. (p. 51).

Pebre. — Poivre. — Il y en avait de plusieurs sortes.

Penis. — Penide (voir *Diapenidion*). « 1 once 1/2 sucre en tablettes et 1 autre de penide. » (p. 58.)

Populeon. — *Populeum*, onguent: « 1 livre populeum. » (p. 65.) — 1 boite d'huiles et de populeum et 1 cabas, 5s. » (p. 7.)

Polveras. — *Poudres* médicinales et autres, poudres pour la tête, poudre pour le canon. Un barbier de Garganvillars, Pierre Veire.

Prunas secas. — *Prunes sèches*, considérées comme médicament: « 1 sirop, 1 électuaire restaurant, 1 quarteron prunes sèches. » ordonnance de W. de Rabastens, p. 85.

Pesari. — *Pessaires*. Ph. Sudre ordonna à une femme: « 1 apozème, 1 électuaire laxatif, 1 autre électuaire et 1 pessaire. » (p. 81.)

Rosina. — *Résine*; entrait dans la confection des onguents.

Sang de draguo. — *Sang dragon*, drogue employée pour la chasse au faucon. L'once coûtait 2 sols: « 1/2 once sang dragon pour les faucons. » (p. 35.)

Recalesia. — *Réglisse*. « Amandes, amidon et réglisse, 2s. » (p. 28.)

Sene. — *Sené*. « 1 grenade, 1 quart sucre royat, 1 livre amandes, 1/2 once séné, 4s 6d. » (p. 61.) — « 2 onces de séné pulvérisé. » (p. 84.)

Semensas. — *Semences*, graines: « 1 sac de semences, 1 sirop, 1 électuaire, etc. » (p. 56.)

Semen lombricorum. — *Semence de vers* ou contre les vers (p. 39), *semen contra*.

Sopositors. — *Suppositoires*: « 1 onguent, 1 narcotique et 2 suppositoires » ordonnés à un savant en droit. (p. 12.)

Sera blanca. — *Cire* blanche pour les onguents.

Sitoal. — *Zedoaire*, épice; on l'appelait aussi *citouart*.

Sucre. — Le sucre était considéré comme médicament ou plutôt il servait de base à la confection des sirops, juleps et autres préparations. On distinguait d'ailleurs plusieurs sortes de sucre : Le *sucre Cande* ou blanc ; le *sucre rosat* ou parfumé au suc de rose ; le *sucre violat* ou à la violette. On le vendait aussi de cinq manières : *en pa ; en roc* en morceaux : en *tola* en tablettes *molae*, moulu, en *pols* ou *polreras*, en poudre.

Babo. — *Savon*. Il est fait une seule fois mention de savon, qui coûtait 2 sols 3 deniers la livre en 1316.

Serapin. — *Serapias* (bulbe de) : « 2 onces galbanum et 2 onces serapias, » ordonnés par P. de Martel. (p. 64.)

Soulfre. — *Soufre*.

Sica nardi. — *Spïca nard* ou nard indien, épice.

Terbentina. — *Thérébentine*.

Triasandaly. — *Les trois santaux*, poudre composée avec le cental blanc, le citrin et le rouge : « 1 quart sucre rozat fait avec écorces de citron et les trois santaux, ordonné par P. de Martel, 2s. » (p. 67.)

Tizana. — *Tisane* : « Amandes, amidon, sucre, grenade pour une tisane, 4s 8d. » (p. 24.)

Tiriaca. — Thériaque d'Andromaque.

Tutia. — *Tutie éteinte*. Oxyde de zinc, employé aujourd'hui pour les collyres, et que l'on trouve dans les livres de Bonis ordinairement associé au camphre. (p. 10.)

Tortuga. — Tortue : « 1 électuaire pour une femme, où il entra une tortue et autres choses, 1l 8s. » (p. 74.)

Tels sont les médicaments relevés dans les comptes de Bonis ; ils étaient contenus, suivant leur nature : les sirops, électuaires, etc., dans des fioles de verre *(ambolas, yshirapas)* ; les onguents dans des boîtes *(brostias)* ; enfin les plantes se plaçaient dans des *(cabas)* paniers ou dans des sacs *(sac cairat)*.

Si l'on en jugeait par la liste que nous venons d'établir, la pharmacopée des médecins du XIVe siècle n'aurait pas été fort complète; nous devons cependant faire observer que cette liste n'est qu'un résumé; il ne faut pas oublier d'ailleurs que nous parlons d'un temps où s'élevaient partout en France des facultés de médecine, où grâce au génie du milanais Lanfranc, qui avait réformé la chirurgie française au commencement du siècle, l'art de guérir n'était plus absolument à la merci des empiriques.

La peste noire, qui porta ses ravages dans tout l'Occident et qui sévit à Montauban vers la fin de l'année 1348, y faisant, comme partout ailleurs, d'innombrables victimes, puisque Bonis l'appelle « l'an de la mortalitat, » donna un grand essor à la médecine, et nous explique la présence dans nos murs des nombreux médecins dont nous avons cité les noms. C'est sans doute aussi à ces diverses causes que l'on doit la fondation des hôpitaux établis au XIVe siècle par de riches et charitables particuliers : l'hôpital de Parias, celui de Saint-Barthélemy, celui du Moustier, et l'organisation de plusieurs confréries de secours mutuels, touchant exemple de fraternité et de solidarité chrétienne, qui nous est donné par ce XIVe siècle, pendant lequel se déroulèrent de si grands événements politiques et sociaux.

www.ingramcontent.com/pod-product-compliance
Ingram Content Group UK Ltd.
Pitfield, Milton Keynes, MK11 3LW, UK
UKHW021039260726
13994UKWH00005B/2247

9 782329 445205